밥그릇 무겁다

엄의현 시집

밥그릇 무겁다

달아실기획시집
24

달아실

보조 용언과 합성 명사의 띄어쓰기 등 본문의 맞춤법은 시인의 의도에 따른 것임.

시인의 말

인간의 잣대로는
지금껏 꽤 먼 길을 걸어왔다.
두 번째 시집을 낸다.

아내가 이렇게 말했다.
"당신이 지금껏 한 일 중에 가장 잘한 것이 시 공부를 한 것이다."

일상의 모습들을 시적 언어로 이야기하는 것은
의미가 있고 행복한 일이다.
시를 읽고 쓰면서
내 영혼의 생김새는 이렇고
내 여행의 풍경은 이런 거였고
내 뒷모습의 그림자는 이랬구나 하고 깨달아간다.
이 느낌으로 남은 길을 가야겠다.

2023년 5월 觀水齋에서
엄의현

차례

밥그릇 무겁다

시인의 말 5

1부

봄 부추 12
발산鉢山 13
무서리가 내렸다 14
동사 15
연당리 672 16
대관령 아흔아홉 구비 20
오월의 하숙집 22
대성전 뜰에 서다 24
강 그리고 길 26
양재역 8번 출구 27
마음에도 길이 있다 28
숨구멍 30
목련이 지다 32
길을 잃은 적은 없었다 34
친구를 위한 조사弔辭 36
말 속에 혼이 깃든다 40
관수재觀水齋 42
춘春 43

2부

개인의 삶은 역사 46
발꿈치를 한껏 들었다 47
밥그릇의 무게 48
각한치를 넘는다 50
관음보살의 미소 52
욕망의 크기 54
본능의 향기 55
손두부 56
서강西江 58
영월 요리 골목에서 61
1인 시위 62
필수 노동자 64
폭우에 방이 잠겼다 66
콩 심은 데 콩 나는가 69
1029 70
故 이지한 72
난쏘공 73
유년의 추억 74
사람 꽃 78

3부

태백산 유일사를 지나며 82
살아 있다는 것과 죽어가는 것 84
전보를 쳤다 85
살아간다는 것은 86
뒤태 88
단테 알리기에리 89
땅속을 돌고 있다 90
아름다운 소풍 91
평생 삿갓을 썼다 92
주민등록 초본 93
가보지 못한 곳의 호기심 94
음과 양 96
팔월의 바다 97
월담 작은도서관 앞에서 98
미련은 연민이다 99
복숭아 몇 알 100
새들에게 묻는다 101
덕안당 멧비둘기 102
새우젓 104

4부

누구와 밥을 먹는가 106
십문칠 107
인연人然 인문학당 108
오토바이 110
카톡 111
글마루 손님 112
빈터가 쉼터 113
낮술 114
경자년庚子年 겨울 116
시 117
시집 118
삼만 원에 팔았다 119
시적인 사람 120
미스 미얀마 한 레이Han Lay 122
시집을 읽다 124
아들의 메일 1 125
아들의 메일 2 126
아들의 메일 3 127
청록다방 128
평화가 밥이다 130
관풍헌觀風軒 131

해설_ 물의 흐름을 쓰다 · 오민석 138

1부

봄 부추

아직 아침 바람이 찬데
땅속에서 봄기운이 올라온다
텃밭 살구나무 아래
봄 부추가 고개를 든다
전라도에서는 솔
충청도에서는 졸
경상도에서는 정구지
강원도에서는 부추라 부른다
첫 잎 가장 연하고 향과 맛이 좋다
봄 부추는 사위도 안 준다는 옛말이 있듯
사람에 따라 향이 다르고
파아란 하늘처럼 시원한 맛이다
이슬 한 방울
부추 잎 위로 미끄럼을 탄다

발산鉢山

깊은 가을
발산에 올랐다
영월읍의 진산鎭山이다
정상으로 영월 읍내가 흑백사진처럼
걸어서 나온다
청령포 관음송의 슬픈
울음소리가 들려오고
저류지의 검은 물이 쏟아진다
발산에서 시작된
가쁜 숨소리가 안산案山인
태화산에 다다른다
세월의 나이테를 두르고 있다

무서리가 내렸다

새벽
마당에
나갔더니 무서리가 내렸다
텃밭의 호박잎이
파김치가 되었다
작은 애호박 두 개를 땄다
된장찌개를 끓이려고
애호박을 썰었더니
그 작은 호박에도 씨가 생겼다
그도 계절의 바뀜을 알고 있고
작은 애호박도 이만하면 되었다
싶은 모양이다
새벽에 무서리가 내렸다

동사

삶과
민주주의는
명사가 아닌 동사動詞이다

연당리 672

1

이곳은 갈비*를 모으고 삭다리를 따고 송구**와 써레질을 경험했던 유년의 불목***이다

2

검각산劍角山 칼날 중앙 부근에 있는 새터마을 생가生家 번지이고 등록기준지로는 남면 살개골길 14의 12이다
할아버지가 열네 살에 당신의 아버지를 잃고 가장이 되고 열여덟 살에 혼인하신 후 직접 지은 집이다
초입부터 일자로 된 건물에는 돼지우리와 소 외양간과 재래식 뒷간과 갈비와 땔감을 보관하던 작은 공간과 탈곡하던 큰 마당 옆에는 담배 건조실이 있었다
다섯 계단 위 대문 옆에는 사랑채가 붙어 있고 대문을 지나 들어서면 작은 마당과 행랑채가 있었다
행랑채에는 작은방과 먹거리를 보관하는 광이 있고 작은 마당에는 지하수를 퍼 올리는 수동식 펌프가 있었다
안채는 니은 자로 봉당封堂**** 위에 대청마루와 안방이

있고 소죽을 끓이던 대형 무쇠솥이 걸렸던 건너방 서쪽의 툇마루에는 큰 한약장이 놓여 있었다

대청마루에는 부엌으로 통하는 쪽문도 있었다

행랑채에서 태어나 십 년을 자라고 은행나무 아래 하송리로 옮겨와 반세기도 훌쩍 넘었다

3

여름에는 작은 마당에 그늘대가 세워졌다

4

사랑채에는 동네 어르신들이 많이 오셨고 세상살이에 대한 물음과 답이 있었다

어린 손자는 개울 건너 공회당 근처 작은 가게로 노란 주전자를 들고 막걸리 심부름을 다녔고 돌아오는 길에는 주둥이에 입을 대고 빨았다

방들은 아궁이와 연결된 고래에 구들장을 덮어서 만들어졌다
할머니가 음식을 만들기 위해 아궁이에 불을 지피면 불길이 부넘기*****를 타고 넘어 방고래를 지나면서 구들장을 데웠다

남은 열기와 연기는 집 뒤편의 굴뚝으로 빠져나가 하늘로 올랐다

사람이 눕는 방바닥 밑으로 땅과 하늘이 소통하고 그 통로를 따라 불길이 흘렀다
불길은 흩어져 없어지고 방바닥에는 온기가 남았다
그 온기 위에서 할머니는 일곱 명의 생명을 낳고 네 명을 잃었다

부넘기와 고래가 막히면 불목만 따뜻하고 윗목은 자리끼 물이 얼었다

이제는 안채의 형태만 남은 그곳에서 할아버지는 나에게 소풍의 의미와 낚시하는 방법을 처음 가르쳐주셨다

5

할아버지의 유가儒家적인 삶의 여유와 너그러움과 아늑함이 있었던 유년의 불목이었다

* 갈비: 갈색으로 말라서 땅에 떨어져 쌓인 솔잎으로 불쏘시개로 사용.

** 송구: 소나무의 순을 잘라 겉껍질을 벗겨내고 수액이 남아 있는 얇은 막으로 단맛이 있고 먹을 수 있음.

*** 불목: 온돌방 아랫목의 가장 따뜻한 자리.

**** 봉당: 안방과 건넌방 사이의 마루를 놓을 자리에 마루를 놓지 않고 흙바닥 그대로 둔 곳.

***** 부넘기: 방고래가 시작되는 어귀에 조금 높게 쌓아 불길이 아궁이로부터 골고루 방고래로 넘어가게 만든 언덕.

대관령 아흔아홉 구비

다시, 오월이다

어머니는 아들을 물건처럼 인수증에 서명하고 대관령을 넘었다

차멀미를 심하게 하셨다

그 어머니는 아니 계신다

이십 대 초반 역사적 격동기에 벚꽃이 아름다웠던 강릉에 있었다 홍제동 무선국 아래서 고등학교 친구와 하숙을 했고 내곡동 학교까지 걸어서 갔다 월 삼만 원에 삼시 세끼와 속옷도 빨아주는 고마운 곳이었다 신록이 짙어지는 오월에 포남동 보안대 지하 골방으로 끌려갔다 나중에 알았지만 그곳이 전두환이 우두머리였던 지역합동수사본부였다 죽지 않을 만큼 매질을 당했고 잠을 재우지 않아 꿈을 꾸었다 살아서 나가면 제도와 환경을 바꾸는 일을 하겠다고 다짐했고 40년이 지났다 아직도 그 꿈을 놓지 않은 내 모습이 대견하기도 우습기도 하다 어떤 모양인지 확인할 수 없지만 성장했다 내 삶을 이해하는 가족이 있어 감사하고 고맙다 영암으로 여행을 가는데 잘 아는 분이 전화를 주셨다 "영월은 변하려고 하지 않는다

현실이다 변하려고 하지 않는데 변하자고 하면 설득력이 있겠는가 책 쓰지 말고 맥주나 마셔라" 하신다 절박하다고 느끼는 것은 나뿐이던가 세상살이 그러함에도 소명의식 소신 명분 철학 신의 염치는 필요하다 이것이 선비정신이다

나는 어떠한 간절한 바람으로 여기까지 온 것인가
세상은 40년 전으로 돌아가려고 하지 않는가

또 다른 꿈을 꾼다

오월의 하숙집

오래 집 비운 사이, 친구가 찾고 있었다

“어디에 있는지 찾을 수가 없다. 살아 있어야 하는데…” 공권력에 의해 아주 심하게 당하고 하숙집에 돌아와서 발견한 메모다 하숙을 함께하던 친구 이철수가 하루하루 넘기는 탁상 일력에 이렇게 적어놓았다 두 줄의 메모가 지금껏 꼿꼿하게 걷게 했다 그는 초중고대학 동창이다 못하는 것이 없었다 공부도 운동도 싸움도 잘했던 그가 혈액암으로 서른이 되기 전에 떠났다 그가 걱정했던 친구는 환갑을 지났다 강릉 성내동 선술집에서 함께 대취大醉했던 기억도 난다 동석同席했던 주모酒母가 그렇게 눈길을 주었는데 끝내 시선을 맞추지 않은 이유가 갑자기 궁금하다 KBS영월방송국 〈정오의 희망 음악〉 PD였던 친구 덕분에 설날 특집 라디오 삼원三元 생방송에 출연도 했다 그에 대한 마음은 그때나 지금이나 여전히 애도 애석함이다 그 세상서 다시 만나 한바탕 놀아보자 하숙도 같이할까? 오월의 하숙집 이후 사십 년이 넘은 지금 뒷모습 무늬는 맑아야 한다는 것을 느낀 세월이다 친구!

시들지 않는 생화가 어디 있더냐…

대성전 뜰에 서다

영월향교 장의掌議 한 사람이 대성전大成殿 뜰에 섰다
임인년壬寅年 유월 삭朔 분향례焚香禮
사배四拜를 한다

대성전에
원위元位 공자와 사성四聖 안자 증자 자사자 맹자
동서東西 종향從享에 우리나라 18성현 송나라 2성현 25위 위패를
봉안하고 있다

대성지성문선왕大成至聖文宣王 공자孔子
연국복성공 안자顏子 성국종성공 증자曾子 기국술성공 자사자子思子 추국아성공 맹자孟子
설총 최치원 정호 주희 안유 정몽주 김굉필 이언적 조광조 김인후 이황 정여창
이이 성혼 김장생 조헌 김집 송시열 송준길 박세채

고려 말 조선 초에는 충역忠逆이 갈리는 정치 현실이었다
포은圃隱 정몽주와 삼봉三峯 정도전

포은, 역신逆臣이었다
역신으로 평가된 이而 어떤 연유로 문묘文廟에 배향되고
조선 성리학 담론談論의 상징이 되었는가?

"나라는 백성이 근본이고,
백성은 먹는 것이 하늘"이라던
삼봉은 무엇인가?

삼봉에게도 마음으로 사배를 한다

강 그리고 길

세모歲暮

임인년壬寅年 동지섣달
체감 수은주가 유년의 겨울에 가깝다
선산先山에 다녀오다
왕방연 시조비 앞에 섰다
강江 건너 청령포 소나무 숲에서
길과 강이 겹쳐서 보였다
경복궁에서 청령포까지의 길
육육봉六六峰을 휘감아 돌며 반쯤 얼어버린 강
강은 인간의 것이 아니어서 흘러가면 되돌릴 수 없지만
길은 사람의 것이므로 되돌아갈 수도 있다
지나온 길을 되돌리려 많은 사람이
피를 흘렸고 목숨을 걸었다

길은
가街도 아니고 로路도 아니다
삶의 원리인 도道다

양재역 8번 출구

서울 나들이를 했다
지하철 3호선 양재역이다

코로나 이후 3년 만에 카네기74
도반道伴들의 회합에 함께한다
양재역 8번 출구 쪽으로
긴 회랑 기둥에 변호사 광고판
이십여 개가 있다
모두 가사 전문 변호사이고
이혼을 강조해서 쓰고 있다
규범적 가족이 해체 중이고 결국은
돈이라고 읽힌다
긴 회랑을 지나는 동안
인연 공감 소통의 부재가 느껴진다

아주 특별한 도반들의 향기가
양재천 길목의 크로스비에
가득하다

마음에도 길이 있다

향기 나는 도반道伴들인 카네기74
계묘년 신년회에 약속보다 일찍 왔다
밥집 오선채에서 길 생각이 났다

마음에도 길이 있어 마음대로 가라 한다
마음을 비우면 채워진다고도 하고
모든 것을 버리면 모든 것을 얻는다고
하지만
모든 것을 버리지도 얻지도 못한다
의상과 원효는 서라벌에서 당나라로 길을 떠났다
길 위에서 하룻밤을 묵으며 해골바가지
물을 마신 원효는 뒤돌아 서라벌로 돌아왔다
요석공주와 마음이 통해 설총을 낳았다
의상은 젊은 구도자를 연모했던 선묘善妙에게
마음을 열지 않고 신라로 돌아갔다
선묘는 의상이 돌아가자 부둣가에 몸을 던졌다
의상이 부석사 무량수전을 창건하면서
선묘를 위한 제각을 세우고 기렸다
원효는 구체적 실존 속으로 길을 냈고

의상은 화엄의 사유세계로 길을 냈다

누가 옳은 길을 걸었는가?
마음에도 길이 있다

숨구멍

가족들과 임인년 추석 성묘를 한다
가족 납골묘 봉분의 잔디가 대지의 기운이 통하는
정수리 근처는 살아남고 멀리 떨어진 곳은 살아남지 못했다

지구의 자전 속도는 대략 시속 1,600km
지구의 공전 속도는 대략 시속 11만km

정신을 차릴 수 없는 속도다
일상과 속도를 잘 관리해야 한다
이런 것들이다

먹기 자기 깨어나기 육아 출근 청소 수작手作 작품 만들기
세탁기 돌리기 책 읽기 졸음 낮잠 멍때리기 카톡 문자
전화 TV 시청 인터넷서핑 깨진 약속 권태 게으름 혼밥
혼술 부부싸움 이사…

일상에서 비범함과 숨구멍을 찾아야 한다

유아의 천문泉門도
일상의 숨구멍도
생명이다

목련이 지다

삶이란
ᄉᆞ람 + 사람

선거 로고송이
멈추고
곪으면 터진다는 진리가
생각나는 아침이다
밥그릇 싸움이다
개미처럼 흩어져 서로를 뜯어먹고 있다
바람에 찢겨진 깃발처럼 무의미한 기표로 펄럭이고 있다
그날은 차마 잊을 수 없는 날이다
밥그릇 싸움에도 염치는 필요하다
신발코를 보아서는 숲을 볼 수가 없다
진리는 단순하다
아집에서 벗어나 바람처럼
살다가 생명의
불꽃이 꺼지면 자연의 품에 안기면 된다

주향백리酒香百里

인향만리人香萬里

그림자가
나를 따라다니고 있다

길을 잃은 적은 없었다

영월문화원 회원 34명을 태운 버스가
아흔아홉 구비 대관령을 힘겹게 넘고
동해의 푸른 바다로 달려 파도를 맞는다

해안선 길목마다
진심을 알 수 없는 현수막들이 가쁜 숨을 토해낸다
동해는 맑아서 먹을 것이 많지 않다고 한다
갯벌이 발달한 탁한 서해로 가라 한다

고성 금강산 콘도 앞바다에서 마지막 사랑이
걸어서 나왔다
피 흘리던 심장이 멈추고
아침 파도 포말이 해감을 하고 있다
해변에 멈추어서 돌아보니
파도에 쓸린 발자국이 희미하다

그림자가 보이고
묻지도 않았는데 말을 건넨다

길은 어디에도 있고 아무 데도 없다
길을 잃은 적은 없었다
새로운 길이 있을 뿐이라 한다

친구를 위한 조사弔辭

1

2009년 1월 24일
친구의 영결식에서 조사를 쓰고 읽었다

2

신준영의 영면永眠을 기원하면서

3

친구의 부음을 받았습니다 지난주 토요일에도 잠시 볼 수 있었습니다 이렇게 시간이 많지 않을지는 몰랐습니다 하늘을 쳐다보니 잿빛입니다 사는 것이 왜 이리도 허망한 것인가 생각했습니다 이 엄동설한을 아랑곳하지 않고 어찌하여 먼 길을 가려고 합니까 친구들은 인생의 무상함을 한탄하면서 편안한 마음으로 영면하길 빌 뿐입니다

아아, 하늘이시여

생전에 주변을 돌아볼 줄 아는 큰 가슴을 가진 골뱅이를 좋아했던 친구였습니다 고등학교를 졸업하고 경찰공무원에 입직했고 사업의 융성과 실패 재기를 위한 힘겨운 노력과 투병 50여 년의 생에서 참으로 많은 일이 있었습니다 병문안을 가면 웃게 만드는 유머가 있는 친구였습니다 이렇게 말했습니다 이제야 삶이 무엇인지 알 것 같다고 했습니다 병마를 이겨내고 하고 싶은 일들이 많다고 했습니다 주님의 뜻대로 살겠으며 홀로 되신 어르신들이 편안하게 생활하실 수 있는 시설을 운영하고 싶다고 했습니다 오랜 세월 홀로 사신 어머니 때문이 아닌가 하고 생각했습니다 친구는 의리와 신의가 두터운 사람이었습니다 어르신과 선배들을 깍듯이 모시고 후배들을 잘 보살피어 그 앞길을 열어 주었습니다 항상 주변에 술이 있었지만 선배를 모심에 있어 또한 후배들을 사랑함에 있어서는 부족함이 없었습니다 보고 싶은 친구!

어느 해 겨울 눈이 아주 많이 내리던 날 송년 모임이 기억납니다 친구들을 위해 영월의 서부시장 앞에서 봉고 트럭 포장마차를 잠시 전세내고 트럭 위에서 친구들을 웃기던 기억이 납니다 친구가 앉았던 의자가 커다란 몸의 무게를 감당하지 못하고 부서져서 박장대소했던 기억이 납니다

친구는 남아 있는 사람들에게 교훈을 주고 갔습니다 돈을 벌기 위해 건강을 잃어버리는 것 그러고는 건강을 되찾기 위해 돈을 잃는 것과 미래를 염려하느라 현재를 놓쳐 버리는 것 그리하여 결국 현재에도 미래에도 살지 못하는 것과 같은 어리석음을 경계하게 합니다 인간은 모든 것을 잘할 수는 없습니다 남아 있는 자들이 가신 님의 좋은 모습만을 기억할 수 있도록 하여주십시오 친구가 이 땅에 남긴 장성했지만 어린 자녀들이 잘 자라고 있는지 지켜보겠습니다 그리고 연로하신 어머니에게 자주는 아니더라도 문안드리는 것도 잊지 않겠습니다

4

아픔과 고통이 없는 세상에서 편안하게 영면하시고 큰 걸음으로 천국 길 떠나십시오

말 속에 혼이 깃든다

너무 힘들고 고됐다
계묘년 첫날을 견딜 수 없는 근육통과 입마름
목아픔 기침과 콧물로 시작했다

코로나 19 바이러스가 침투한 것이다
그냥 아이구 어머니 소리가 새어 나왔다
기억 잃고 떠나신 어머니를 찾았다

말 속에 혼이 깃든다고 한다
말처럼 되도록 하는 힘이 있고
혼처럼 강력한 에너지가 있다고도 한다
말이 씨가 된다고 한다
남에 대한 칭찬은 행운의 씨앗을 뿌리는 일이고
남에 대한 험담은 불운의 씨앗을 뿌리는 것이라고 한다
질병은 입을 좇아 들어가고
화근은 입을 좇아 나온다고도 한다
남을 이롭게 하는 말은 천금이고
남을 다치게 하는 말은 칼이라고 한다
뱉은 말은 무한 책임이 따른다

어머니가
내 손이 약손이다
내 손이 약속이다
한 모양이다

보름 만에 털고 일어났다

관수재觀水齊

마당 한 켠에 있는 창고를 비우고
책도 읽고
생각도 하고
시도 쓰는
작은 서재를 하나 만들었다

물의 흐름을 본다
이름 짓고 졸서拙書했다
취헌醉軒*이 각刻한 현판을 걸었다

남은 세월
잘 흐르고
잘 보아야겠다

* 취헌: 최홍식의 아호(雅號).

춘春

봄이다
마당 한 편에
백목련과 자목련 두 그루가
꽃을 피웠다
은행나무 아래 하송리 동네가 짧은 기간
밝아지고 향기롭게 되었다
작은 술병 마련하여
향기
나는 몇 사람 초대해야겠다

2부

개인의 삶은 역사

아내와 둘, 작은 영화관 통째로 빌려, 다큐 영화 〈수프와 이데올로기〉를 관람, 감독 양영희, 25년 걸린 가족 3부작, 마지막 작품, 2009년 〈디어 평양〉, 〈굿바이 평양〉, 재일조선인, 조총련 간부 막내딸, 어린 오빠 셋 북송, 부모님과 반목하며 성장, 전체주의자 아버지, 도저히 이해할 수 없는 삶을 선택한 어머니, 치매로 기억을 잃어가는 어머니 강정희, 어머니의 과거를 따라가다 만난 제주 4•3, 열여덟 소녀가 경험한 4•3의 기억, 총련, 민단, 20세기, 동아시아, 역사적 소용돌이, 가족의 배경, 이해하는 것, 나의 정체성, 알게 되는 것, 개인적인 것, 양영희 남편 일본인 아라이 카오루, 가장 정치적인 것, 개인의 삶은 역사

발꿈치를 한껏 들었다

초등학교 때는
방학이라는 멈춤이 있었다
중고등학교 때는
키를 높이기 위해 까치발을 했었다
대학교 때는
방학과 동시에 계절학기가 시작되었다

효율과 경쟁의 능력주의가 우선하는
지금
멈춤은 퇴보이고 정체라고 느낀다

남의 물건에 손을 댄 죄로 회초리를 맞은
아이가 다시 까치발을 하고
시렁 위의 곶감에 손을 대는 것처럼

현재에 끌려가는 미래
현재를 끌고 가는 미래
어떤 미래를 택해서 여기까지 왔나?

밥그릇의 무게

육백 살 된 보덕사* 느티나무에 물었다

가끔은 오시는가요
한 여인이 많이 힘들어 하면서 떠나셨는데
"극락보전 뜰에 가보시게"
"거기에 있을지도 모르지"
여인의 혼례청이었던 그곳에 섰다
스물두 살의 아름다운 신부와 팔순의 기억 잃은
여인의 모습이 겹쳐서 보인다
물었다
팔십 년 여행에서 무엇이 남았습니까?
"그대도 남은 시간 잘 걸어보시게" 하신다
"마지막 십여 년은, 기억을 잡으려고 해도 쉽지 않았어"
"자네는 육체와 정신을 잘 간수하시게"
"자네는 어떠하신가" 하고 묻는다
많은 사람들의 마음을 얻지 못했다고 답했다
"그것이 그렇게 쉽다고 내가 했더냐" 하신다
"사람들과 관계에서 가슴 아픈 일이 있을 것이네, 그네들도 밥그릇 때문에 그랬을 것이야"

"그 밥그릇의 무게감에 내 말을 잃었지"

"자네도 밥그릇 때문에 남 맘 아프게 한 적이 있을 것이야"

"앞으로 남은 세월은 따뜻하게 사시게나" 하신다

밥그릇 무겁다

* 영월 발산(鉢山)에 있고 오대산 월정사의 말사이며 조선 6대 단종 대왕의 원찰이다.

각한치를 넘는다

영월의료원 3층 옥상정원 앞 306호
한 남자가 너부내 각한치角汗峙를 넘는다

유년의 등굣길이었던 고개를 마지막으로 넘고 있다
힘이 드냐고 물었다
힘들지는 않은데 숨이 차다고 한다
숨이 찬데도 인공호흡기는 필요 없다고 한다
어린 사내아이가 병문안을 왔다
아이를 보는 순간 얼굴이 붉어지고
눈물이 그렁그렁한 채
돋을볕에게 이렇게 말을 한다
내가 너 장가가는 것을 꼭 보려고 했는데
하면서 손을 꼭 잡는다
나는 한낮임에도 해거름에 검기울어가는 창가에 있다
남자의 숨소리가 오래된 소나무 껍질처럼 점점 거칠어
진다
거친 숨소리에서 저녁으로 손칼국수를 삶던 기억 잃은
한 여인과 누대屢代의 가계가 떠오른다
이제는 남자가 바깥세상을 볼 수 없다는 것을 안다

남자는 어린아이들을 잘 키우라는 말과 함께
몇 마디를 덧붙인다
남자에게 다가가서 가만히 안았다
따뜻함이 전해온다

그 남자가 심어놓은 밤나무에서
임인년壬寅年의 꽃이 핀다

관음보살의 미소

오봉산 자락 낙산사에 오르니
홍련암 동해가 갈라지고 길이 보였다

그 길에
고래 발자국 같기도 하고
고등어 발자국 같기도 하고
새우 발자국 같기도 하고
사람 발자국 같기도 한 희미한
족적足跡은 갈라진 바닷길로 향한 것이 아니고
나에게로 향해 있었다

1351년 전에 의상이 7日 7夜 예불을 드리고 있다
관음보살 나타나 수정으로 만든 염주를 주면서
절을 지으라고 하신다
보이는 것만 본다
마음으로 보인다

바다가 다 같은 바다가 아니다

바다가 열린 그 길에 윤주옥 여사의 얼굴이
보이고 관음보살의 미소가 번진다
덕德은 잘 쌓고 있냐고 물으신다

동해가 묻고 있다

욕망의 크기

욕망의 크기에 미치지 못하는
상태가 가난이라면
모든 어린이는 가난하다

이 작고 가난한 세계를 어떠한
수단과 방법으로 채워야
가난에서 벗어날까?

아이는 어른 없이도 잘 크지만
어른은 아이 없이는
더 크지를 못한다

본능의 향기

밤꽃이 핀다
본능의 향기다

한 남자가 심어놓은
밤나무에 임인년의 꽃이 핀다
율목栗木을 심으면서 이렇게 말을 했다

생전에 맛볼 수 있을까?
손자들이 맛보면 되지…

조율이시棗栗梨柿
홍동백서紅東白西

그 남자의
마음을 밤꽃에서 느낀다

손두부

소프라노 톤의 목소리가 들린다

“따끈한 순두부가 왔어요”
“맛있고 고소한 손두부가 있어요”
점심 무렵에 작은 트럭의 소형 스피커가
사람을 모은다
순두부를 사면서 물었다
어디에서 오셨나요?
“제천에 왔습니다”
지난번에 먹어보니 참 맛났습니다
손두부 두 모만 주세요

두부는 간을 하지 않으면 무덤덤한 맛이다
별스럽게 튀는 맛이 없고
부자나 가난한 사람이나 가리지 않는다
껍질이 벗겨지고 맑은 물에 불리고
온몸이 으스러지는 가혹한 담금질을 견뎠기에
맛을 낼 수 있을 것이다

누군가와 맷돌을 돌리던 기억이 난다

서강西江

세계 람사르 습지에 등록된 한반도 습지가 있고
천연기념물 어름치, 돌상어와 꾸구리 묵납자루가 살고
흰목물떼새 금낭화 가는구철초 산국 생강나무가 함께 하고
단종의 눈물을 받아주고 수많은 전설을 품고 있는 쉼과 사색의 강

서강에서 멀지 않는 곳
1960년 절벽을 이룬 석회석산
두 개의 수직굴이 있던 곳에 세워져 환갑이 된 쌍용
산 정상 파헤치며 날아온 분진으로
새로 올린 왕골 슬레이트 지붕은 얼마
못 가 골 메워지고
발파와 육중한 굴삭기 컨베이어 벨트 아래
허기진 삶은 무너지네

자신의 미래 불투명하다고 길게 이야기 늘어놓으며
축구장 스물여섯 개 크기의 깨진 유리그릇을
시멘트로 때워서

쓰레기매립장을 만들겠다고 하네

인간의 욕심으로 생겨난 기후환경과 생태계의 변화
이제 감당하지 못하는 지경에 이르렀네
탐욕스런 자본은
멈춤 없이 임계점을 넘으려 하고
우리 삶, 파멸의 속도를 높이네

미련하게 제 눈 찌르고
황금알을 낳는 거위의 배를 가르네
아름다운 자연환경 생태계를 후손들도
사용할 수 있도록
삶의 터전 지키려 연대하고 동참하네

생태계의 보고寶庫
우리 지역과 수도권 젖줄인 서강
근처에 산업쓰레기매립장을 만들지 마라

상선약수上善若水

그 강에 가고 싶다

영월 요리 골목에서

영월 요리 골목 초입 또봉이
통닭에서 괜찮은 사람들과 시 공부를 마치고 3교시 중이다

삶에서
시소의 균형 같은 시간은 잠시뿐이다

중심을 잡으려 애쓰고
싶지 않은 저녁이다

1인 시위

팔월의 폭염 속에
영월의 미래를 걱정하는 군민들이 읍내 거리에 선다
후손들에게 부끄럽지 않은 어른이 되려고

자동차 경적과 전조등 불빛
손을 흔들며 함께 건네는 눈인사
영월의 선 자리와 갈 길을 생각한다

지금껏 영월의 도시 정체성은
역사 문화 자연 생태라 할 수 있다

사모펀드가 지배하는 한 기업이 돈벌이를 위해
사회 통합을 해치고
지역 자원의 고갈을
앞당기려는 현실에 마음이 아리고 아프다

한 줄기 서늘한 바람에 머리가 맑아지고
자동차 운전자와 마주치는 눈으로 공감하고
서로의 목례目禮로 하루를 시작하고 마감한다

바람 찬 날 우리가 쓰러질 곳
이곳이 우리의 영월이다

필수 노동자

코로나 19가 끝이 보이는가 하더니
다시 확산이다

메타버스
메타버스와 연결된 블록체인
5G
가상현실VR
증강현실AR
인공지능AI
사물인터넷IoT
빅데이터

기후 환경 위기로 생태계는 교란되고
언제든지 새로운 역병 가능성을 경고한다
코로나 19 바이러스는 역설적으로 필수 노동력을
부각시켰다
보건의료 종사자, 돌봄 종사자, 배달업 종사자, 환경미화 종사자…

사회적 거리두기에서 사회적
연결하기를 가능케 하는 오프라인 노동자의
존재감은 있는가
기술 그 자체가 행복을 주는가
인간 생활에 유용하게 적용될 때 가치가 높지 않은가

그간 필수 노동자였나

폭우에 방이 잠겼다

기록적인 폭우다

2022년 8월 8일 밤 서울 관악구 신림동 반지하
주택에서 일가족 3명이 익사했다
1972년과 1990년 두 번이나 폭우에 집이
잠겨 난감했던 기억이 되살아났다

동화작가 여동생과 총각 시절에 서대문구 홍제동에서 살았다
반지하 방은 해 질 무렵에 잠시 볕이 들었다
세상에는 수많은 방이 존재한다
1980년대 보안부대 지하실 하얀색 방
새터마을 생가의 햇볕이 잘 드는 사랑방
고시원의 창 없는 방
아파트의 규격화된 방
저택의 화려한 방
방房
방房
방房…

인간은 이러한 방을 떠돌다 사라진다
사람들은 방에서 인생의 반을 빚는다
제 인생 건사하고 부양하기 위해 필사적으로
방을 구하려 한다
카지노 자본주의가 작동하는 현실에서 방이 없어지면
삶은 통째로 무너진다
지상의 방 한 칸을 향한 욕망이 어떤 욕망보다 더
간절한 것도 이 때문이다

용산의 어떤 사람은
"근데 어떻게… 여기 계신 분들 미리 대피가 안 됐나 모르겠네…"

공감 능력의 부재다

피난처이고 감옥이고 삶의 모습인 방의
의미를 이해는 할까
폭우를 뚫고 떠오른

'#무정부상태'라는 해시태그를 어떻게 읽어야 하나

폭우에 방이 잠겼다

기록적인 폭우였다

콩 심은 데 콩 나는가

콩 심은 데 콩 나고
팥 심은 데 팥 나는 것은
땅과 사람의 관계에서나 있는 일이다

사람과 사람의 관계에서는
꼭
그렇지만은 않다는 경험을 한다

콩으로 알고 팥으로 알고
쑥
뽑고 보니 땅콩이었다

세상에서 벌어지는 일들은
공간과 시간의 표면에서 희미하게
드러나는 그림자에 불과하다는 생각이 든다

1029

참사다

우리는 왜 넘어진 자리에서 거듭 넘어지는가
우리는 왜 빤히 보이는 길을 가지 못하는가
우리는 왜 날마다 명복을 비는가
우리는 왜 이런가
작가 김훈의 표현이다
코로나 19가 이불 밖은 위험하니
밖으로 나가서 뭉치지 말라고 했다
힘든 일상은 3년이 지났고
실외에서는 마스크를 벗어도 좋다고 했다
국가가 안전을 보장하겠다고 했다
행정학을 공부했고
교과서에 등장하는 행정은 이렇다
공공문제를 해결하기 위한 정부의 구조構造와 활동
그리고 상호작용
1029 참사에 대응하는 행정의 모습은
악의적 무시다
사람의 자리를 존중하지 않는다

행정의 태도가 아니다
시인 황동규는
눈떠라 눈떠라 참담한 시대가 온다
고 말한다

어디에 있어야 하는가?

故 이지한

앞날이 창창한 배우였다

1029 참사 때 별이 되었다 아버지는 분노했다 유가족 입장 발표 기자회견에서 말했다 "공무원들이 유족들에 대한 신상이나 전화번호를 다른 유족들에게 알려주지 말라고 교육받았다고 하더라 장례식 때 공무원들이 와서 필요한 것 있으시면 도와드리겠다길래 진짜 도와주는 줄 알았다 유족들 연락처 구할 수 있으면 연락 부탁한다고 했더니 오로지 모른다고만 답했다 우리 집은 가정이 파괴된 상태다 너무 힘이 들어서 지한이 따라서 죽으려고 했다" 참사 이후 어머니는 투사가 되었다

정부가 부재不在했고 행정이 국민을 존중하지 않았다
참사 희생자와 유족들에게 시종일관 무례했다

삼가 명복을 빈다

난쏘공

작가 조세희가 떠났다

그가 떠났지만
질문은 그대로 남았다
고등학교를 졸업하던 1978년에
초판을 발행하고 문학책으로는 처음으로
300쇄를 찍었다
이 책을 그렇게 많이 읽었는데
세상은 왜 바뀌지 않았을까
꿈꾸며 쏘아 올렸던 수많은
난장이들 공은 어디에 있을까

내 공은 어디에 있을까

유년의 추억

1

양연楊淵과 승당昇堂에서
한 자씩을 따서 연당淵堂이라 부른다
조선 시대에는 역촌驛村인 양연역楊淵驛이 있었던 교통 중심지였다

2

연당리 1097-4번지로
양연에서
와룡臥龍에서
새터新基에서
들골에서
까까머리 댕기머리 학동들이 모인다

참나무재
연정이재淵亭峙

관두재官頭峙
돌고개石峙를 넘어서 온다

반세기가 넘게 흘러
환갑도 진갑도 지났구나
손자녀들 초등학교에 다니고
내년이면 지공거사地公居士의 반열에 들어선다

담임선생님
이름도 얼굴도 가물 가물이다

3

소풍 장소 송정松亭은 연당원으로 빠뀌었고
연당 팔경* 중에서는 와룡청수와 검각효월만 남았구나

세상 잣대로 오랜 시간 걸어보니
선악의 양면을 지녔으나

노력에 따라서는
진흙 속에 살면서도
연꽃을 피운다는 사실을 알겠구나

까까머리 댕기머리 학동들이
연꽃으로 만났구나

화향백리花香百里
주향천리酒香千里
인향만리人香萬里

4

남은 시간이 그리 많지 않으니
선바람**으로 자주 만나기를 기대하는
오늘

* 연당 팔경: 와룡청수(臥龍淸水, 와룡리를 끼고 도도히 흐르는 푸르고 깊은 서강). 양연춘수(楊淵春水, 이른 봄 양연 개울로 흐르는 봄눈 녹은 전경), 신기모연(新基暮煙, 저녁때 새터의 초가집 굴뚝에서 연기가 솟아나는 모습), 운지조어(雲池釣漁, 비 개인 후 느뱅이의 구름낀 연못에서 낚시하는 모습), 검각효월(劍閣曉月, 검각산 소나무 위에 고요히 뜬 새벽달), 답동도화(畓洞稻花, 논골마을에 활짝 핀 벼꽃의 풍경), 석현채옥(石峴彩玉, 돌고개서 채굴되는 오색 찬란한 옥의 아름다움), 화전춘우(花田春雨, 꽃밭 양지들에 봄비 내리는 풍경).

** 선바람: 지금 차리고 나선 그대로의 차림새.

사람 꽃

어느 따스한 봄날 오후에
중앙대학교 부근에 있는 흑석동 성당
평화의 쉼터에 한 나그네가 서 있었다
네모진 작은 공간에 매제 이름과 숫자가 새겨져 있었다
성당에도 나가지 않는 나그네는
한 숫자 앞에서 성호를 긋고 있었다

네모난 작은 공간에 새겨진 수많은
생生과 졸卒의 기록은 숫자였다
7… 13… 29… 45… 69… 79 80 88 95…

숫자가 말을 걸어왔다
삶에서 무엇이 중요합니까
머뭇거리자 숫자가 말을 한다
사람이 얼마나 오래 살았느냐가 중요한 게 아닙니다
사는 동안 진정으로 의미 있고 사랑하고…
오늘 진정으로 살았구나
잊지 못할 삶의 경험이 있을 때마다
자기 집 기둥에 새긴 것이 이곳의 숫자이고

그 숫자가 사람 꽃입니다

의미 있는 행동을 통한
세상 여행 과정의 부산물이 행복입니다

나그네는 숫자를 향해 다시 성호를 긋는다

3부

태백산 유일사를 지나며

한 남자가 말복이 지났으나
한낮 열기가 여전한데 태백산에 오른다

유일사를 지나는데 등산객을 만났다
비박을 하려는지
산에 오래 머물려는지 배낭이 한 짐이다
큰 배낭을 보고 생각이 많아졌다
많이 무겁겠다
스스로 졌으니 견딜 만하겠지
가벼움과 무거움은
지고 가는 등산객의 몫인데 괜한 생각을 한다
무엇이 들었을까
궁금하다
등산에 필요한 것
아니 꼭 필요하지 않은 것도 있겠다 싶고
살아서 천 년 죽어서 천 년이라는
주목 군락지를 지난다
능선을 넘으면
천재단이 있을 것이다

힘을 낸다

살아 있다는 것과 죽어가는 것

생과 사의 갈림길은
단순하다

살아 있다는 것은
비 오는 날 오후에 빈대떡에 막걸리 한잔 생각나는 것
첫눈 내리는 날 아련한 옛사랑이 생각나는 것
문뜩 세상 여행을 마친 인연이 깊었던 사람이 생각나는 것
호기심과 예민함을 유지하는 것

죽어가는 것은
비 오는 날 옷 젖을 생각에 짜증이 나는 것
눈 오면 미끄러질 생각에 근심이 되는 것
세상 여행의 인연에 둔감해지는 것
호기심과 예민함이 사라지는 일상

누가 결정하는가?

전보를 쳤다

아버지 위독이라고 전보를 쳤다

고등학교 시절 뛰어났던 아이가 진학을 포기하고
새한미디어 비디오테이프 생산공장에
취직을 했다
선생은 못내 앞날을 염려했다
아이의 아버지와 시장 골목에서 돼지국밥에
막걸리 한잔을 했다
세상 사는 이야기가 선문답처럼 이어지고
선생은 아이에게 공무원 시험을 보게 하겠다고
설득하고 이렇게 전보를 쳤다

"아버지 위독, 급 귀가 요망"

그 아이는 면장이 되었다
선생이란
그냥 먼저 태어난 사람인가?

살아간다는 것은

비취색
고려청자는
내 의지는 아닐지라도 1,200℃ 열기가 주는
삶이 있어야 색이 곱다

유약이
줄어들고
수분이 빠지고
청자 표면이 갈라지고서야
최고의 작품이 된다

붉은 해가
수평선 아래로 사라진다
아름다움도 장엄함도 순간이고 찰나다

수평선을
뒤로하고 해변으로 들어오는
파도가 붉은 해의 아들을 토해내고 완전히 잠겼다

내일 또 붉은 해가 뜰 것이다

뒤태

마당 한 켠에 내 나이보다
더 오래 산 살구나무가 꽃을 피웠다
예쁘다
뒤태가 아름다운 살구꽃 소식을
사회관계망서비스SNS로 지인들에게 전했다
한 시인이 '따뜻한 곳이네요'라는 답장을 보내왔고
짧은 문장 하나가 행복감을 주었다
무엇이 행복을 결정하는가
삶에서 행복을 결정하는 중요한 요소는
관계關係
행복의 99%는
나와 사물事物
다른 사람과
어떤 관계를 갖느냐가 열쇠다
뒤태가 아름다운 사람이고 싶다

단테 알리기에리

단테는 망명객으로 신곡을 썼다

천국
연옥
지옥

단테Dante라는 이름에는
'견디다'라는 의미가 들어 있고
알리기에리Alighieri라는 성姓에는
'날개'라는 뜻이 들어 있다

견디며 날아오르는 사람

견딘다는 것은 반드시
어떤 성취와 완성에 이르지 못해도
지금 여기서 최선을 다한다는
마음과 자세다

단테는 망명객으로 신곡을 썼다

땅속을 돌고 있다

땅속을 뱅글뱅글 돌고 있다
종로3가역에서 환승을 해야 하는데
정신 줄을 놓았다

아침에 깨어나니
아니 계신 부모님이
진종珍種의 포도나무를 골라서
심었다고 생각했는데
품질이 나쁜 잡종을 골랐구나
하시지는 않을까 괜한 걱정을 한다

빙글빙글 몇 바퀴 돌고 나서
지상地上으로 올라왔다

아름다운 소풍

할아버지에게
소풍의 의미와 온유한
평상심을 배웠다
아버지가 남기신
할아버지 스스로 택한
고종명의 이야기를 들었다
나는
세상에 대한
겸손함을 배웠다

평생 삿갓을 썼다

김병연은 할아버지를 욕보였으니 죄인이라며
평생 삿갓을 쓰고 살았다
불효했다는 것이다

현대에서는 효를 어떻게 이해해야 하나
현대적 효는 젊음과 나이 듦의 조화이다
HYO = Harmony of Young & Old

안다는 것과 깨닫는다는 것은 다르다
앎은 지식의 영역이고
깨달음은 지혜의 영역이다

상선약수上善若水
물 흐르듯 살아라
지혜로운 사람들이었다

주민등록 초본

이사를 여덟 번 했던 흔적이 있다
그곳에 머물게 했던 이유는
새로운 희망을
흐르다 지쳐서
걷다가 힘이 들어서
.
.
.
.
돌다가 돌다가
다시
태어나서 자란 곳으로 옮겼다

가보지 못한 곳의 호기심

머규어 다낭 호텔 1221호
영월향교 장의掌議 신분으로
문화 탐방을 와 짐을 풀었다

식민 지배를 경험한 역사와 문화
전쟁으로 인한 아픈 기억
바나 힐 골든브릿지의 머리 손 손바닥 조형물
보트 피플을 위로하는 가진 자들의 포용
다낭에서 탈출한 난민들의 삶의 터전인
캄보디아 톤레삽 호수의 수상가옥

누구나 다 이길 수는 없는 것이다

세상은
이기는 법만 가르쳤고 지는 법을 가르치지 않았다
세상은
이긴 사람이 살아야 하는 도덕적 책무를
진 사람이 살아야 하는 정신적 자존감을
가르치지 않았다

여행은 가보지 못한 곳의 호기심
결국은 여행자의 몫
아름다움도 함께

음과 양

세상을
아주 단순하게
음陰과 양陽

아주 간단하게
옳음과 그름으로
바라보고

답을
구할 수 있으면
얼마나 좋을까?

세상은
생각하는 것 이상으로
복잡하고 다채로워 안타깝게도
간단하게 답을 구할 수 없구나

팔월의 바다

한 해가 다르게 기억을 잃어가던
어머니는
팔월의 바다였다
기억은 파도의 포말처럼
생겼다가 사라졌다
텃밭에서 감자를 캐고
옥수수를 삶으면서
애호박 고명의
손칼국수를 맛있게 끓이던
팔월의 바다가 생각났다
동네 으뜸마트 표 장칼국수에
청양고추 송송 썰어 맛을 내본다
내 안의 내가
더 이상 길을 잃기 전에
팔월의 바다를 깊은 곳에서
꺼내어 길을 밝혀야겠다

월담 작은도서관 앞에서

추적추적 내리는 빗속이다

늦은 봄 반갑지 않은 비가 내린다
영월 덕포리 월담 작은도서관 앞에서
초등학교 입학 전인 듯한 예닐곱 살 아이와
아버지가 우산을 쓰고
가는 모습이 눈에 들어왔다
아버지는 아이가 비에 젖지 않도록
우산을
아이 쪽으로 가져간다
아비의 한쪽 어깨가 흠뻑 젖었다
세상 풍파 속에서 빗줄기는 굵어지고
축축한 옷은 납처럼 무거워질 것이다
그러는 사이 부모는 우산 밖으로 조금씩
아주 조금씩 밀려난다

빗속에서 어쩔 수 없이

미련은 연민이다

어머니가 치매로 10년을 투병하셨다
한 해가
다르게 기억을 잃었고
기억에 뚫린 구멍은 자꾸만 커져갔다

노인 부부가 사는
집에서는 누가 환자인지 알 수가 있다
혈색이 좋고 원기가 도는 사람이 환자이다
시들시들한 사람이 부담을 떠안은 배우자다

어머니가 마지막까지 기억해준
사람은 남편이 아닌 맏아들이었다
가끔은 어머니에 대한 버린 감정이 되돌아온다

미련이다
미련은 연민이다

이것이 삶인가?

복숭아 몇 알

아내가 어느 해 심었다

마당 텃밭 구석
대추나무 옆에 있는
나무에서 벌레 먹은
복숭아 몇 알이 달렸다
모든 과일이 그렇듯
사람 손이 가지 않으면
먹을 만한 열매로 자라지 않는다
그 복숭아는 아무도 돌보지 않는 동안
혼자 꽃을 피우고
혼자서 비와 천둥을 맞고
혼자서 햇볕을 견디고 키워낸 것이다

문뜩 부끄러워지는 석양이다

새들에게 묻는다

우리 집 마당에는 이름 모르는
새들이 많이 온다
작은 새가 무리 지어 오기도 하고
큰 새가 홀로 오기도 한다
나이 많은 향나무에 둥지를 틀고
알을 낳고 품어
새끼 길러 떠나기도 한다
오늘 아침에도 왔다
새들이 맛있게 모이를 쪼아
먹기 시작한다
나는 먹을 것이 별로 없지만
새들을 보면 배가 불렀다
어디서 왔냐고
묻는다

덕안당 멧비둘기

하송리 은행나무 아랫동네는 주변 환경이 많이 바뀌고 있다

새로운 길이 나고
원룸촌이 형성되었고
8층짜리 관광 겸 비즈니스호텔이 지어지고 있다
유년의 동네 모습은 어렵고
오래전부터 사는 집주인은 몇 안 된다
얼마 전 저녁 무렵에 멧비둘기가
꾹↘ 꾹↘ 꾸륵 꾸꾸↗ 하면서 구슬프게 울었다
나보다도 오래 산 덕안당德安堂 향나무에 집을 짓고 있다
짝을 구한 모양이다
아침에 건축 자재를 물어 나르는 모습을
한참 동안 바라보았다
한 방송에서 100년을 살아보니
65에서 75까지가 인생의 최고였다는 노老 교수의 이야기가 생각났다
최고 십 년 중 첫해의 봄을 시작하며
새집新家을 짓는 멧비둘기를 바라보며 생각이 많다

비둘기는 2차 세계대전 이후 평화의 상징이 되었고
파트너가 죽지 않은 이상 평생을 함께한다
어린 시절 비둘기호 완행열차에서의 주전부리는 별미였다
그때는 속도가 느리다고 생각했다
이제는 그 속도가 알맞다고 느낀다
방향을 잘 잡고 느리게 걸으면서 풍광을 보아야겠다
감자도 옥수수도 심고
찐 달걀과 오징어 땅콩을 맛보면서

아내가 좋아하는 고추 토마토 심어야겠다

새우젓

수육에는 새우젓이 딱이다

이른 봄비가 내리는 날
벗 같은 후배들과 평창읍 여만리
이조막국수에서 점심을 했다

수육 한 접시
만두 한 채반
동동주 한 사발
비빔 막국수로

새우는 아무리 작아도
그 태도를 잃지 않고
젓갈로 변신해도 새카만 눈을
그대로 달고 있다

이것이
내가 세상을 사는 방법이다

4부

누구와 밥을 먹는가

나에게 가장 어울리는 사람이
나의 아름다움을 결정한다
나 역시 다른 사람의
아름다운 배경이기도 하다
그때 멋진 공동체가 만들어진다
공동체는 색의 조화 같은 것이다
백만금으로 집을 사고
천만금으로 이웃을 사라는 말이 있다
잊지 말아야 할 것은
나의 아름다움은
나 자신이 결정하지 못한다는 것이다
나의 아름다움은
내 옆에 있는 사람이 결정한다
지금 누구와 밥을 먹고 있는가?

십문칠

고무신 크기가 십문칠이다
꼭 맞는다는 것이다

사람 + 사람
십문칠이 가능할까?

인연人然 인문학당

비 내리는 날 저녁
영월 월담작은도서관 인연 인문학당
키 작고 아름다운 강사 양진으로부터
방구석 미술관을 선물로 받았다

순간 사라진 칼국수 집의 맛이
그립다는 생각이 확 들었다

프라다 칼로
빈센트 반 고흐
에드바르트 뭉크
앙리 마티스와 파블로 피카소

사람들이 삶을 대하는 태도에 관해 깊은 생각을 한다
감정이나 상황의 어려움을 그림으로 덜어내는
거장巨匠을 본다
경쟁이 아닌 심리적 불편함의 최후가
하모니여야 한다면 너무 이성적이라 생각했다
행복은 얼마나 몰입하고 있는가이고

행복한 사람과 불행한 사람 간에는
경험의 차이는 없고 해석의 차이가 있다

칼국수 집에서 느꼈던 맛의 상실감을
월담작은도서관 아주 작은 공간에서 회복한다

행복감이 가득한 저녁이다

오토바이

고등학교 때
아버지 업무용 푸른색
오토바이를 몰래
몰고 나가 한 사랑 태웠다
그 사랑 어디에 있을까
그 사람

카톡

까똑 까똑

새벽이다
소환하는 소리
옆구리로 손이 간다
대수롭지 않게 흘려버리려 해도 궁금증이 인다
귀가 얇은 게 문제다
그러려니 해도 무방하지만
참을성 없는 손이 먼저 접선을 한다
소통일까
아니면 소음일까
때로 잊고 싶은
때로는 잊히고 싶은 순간
순간들

또
까똑 한다

글마루 손님

가을 하늘이 아름다운 날
슬프도록 멋진 날에
나들목 문예 창작 교실에 두 분 손님이 오셨네
기억에 남는 아름다운 저녁

영월에서 한 달 살이에
도전하는 한 여인
김삿갓문화제 문학인의 밤에서
인연이 된 수원서 살고 있는 지민교

함께한 동인들
서철수 선생님
엄재열 김인섭 황서현 방명숙 김영실 장선우 조후연 강신규 시인
문향文香에 취하는 문우들

느낌으로 알아요
말하지 않아도 느껴요

빈터가 쉼터

그가 사는 은행나무 아래 하송리
학습지원공동체 글마루 앞에
빈터가 있다

아주 작은 정자가 있는 빈터에
시와 줄 콩 대파 쪽파 당파 감자 도라지 엄나무 대추나무가
심어지고 꽃들이 만발해
쉼터가 되었다

그가 묻는다
당신의 마음에는 그리움이라는
빈터가 남아 있냐고

낮술

지식
정보화 시대
AI 시대라고

새로운 것을 생각해내고
다른 사람들과 좋은 인간관계를 맺는 것 말고
사람들이 할 수 있는
고유 영역으로 무엇이 있는가

몇 해 선배들과 낮술을 한잔했다
늘 고맙고 감사한 인연이다
술은 내가 마셨는데 세상이 너무 많이 취했다

비추어진
그림자는 맑아야 한다는
사실을 확인하는 시간이다

지식
정보화 시대

AI 시대라고

경자년庚子年 겨울

솔찬히 춥다
수은주가 영하 18도를 가리킨다
어린 시절의 한겨울 같다
올해 겨울은
코로나 19와 함께여서
더 춥게 느껴진다
그럼에도 마당에는
눈풀꽃*이 피었다
언 땅을 뚫고 피어난
작은 꽃의 모습에 가슴이 뛴다
살다가 종종 막막함을 느낄 때
그래서 불안할 때
눈풀꽃을 생각해야겠다
막막함이 걷히면
새로운 세상이 있을 것이다
새로운 태양이 뜰 것이다

* 눈풀꽃: 눈 내린 땅에서 핀 꽃을 가리켜 붙인 이름.

시

시적 언어로
드러내는 사람들의 생각
또 하나의 공간
또 하나의 세상

시집

사람들이 읽고
감동하는 책 대부분이
논어나 성경을 비롯한 고전과 경전에 있다고 생각한다

시집에도 있다는 것은 잘 모른다

힘들 때도
괴로울 때도
즐거울 때도
슬플 때도
기쁠 때도

시집을 읽으며 삶의 계곡을 넘는다

삼만 원에 팔았다

시 한 편을
삼만 원에 팔았다
영월문화원에서 발행하는
내성의 맥 제38집 원고료로 받았다
시 한 편을 팔아서 아내와 같이
오징어 불고기로 늦은 점심을 먹고
영화 한 편을 관람하니
돈이 없다
영화를 보고
영화에 대한 시를 썼다
시를 쓰고
시를 팔아서
먹고 살 수는 없다
삼만 원짜리 시를 읽고
공감하고 감동했다는 말을 들었다
시인이 멋있긴 하다
그렇지
시 한 편을 삼만 원이라고
할 수는 없지

시적인 사람

삶에서 깨달음은 순간이다

초가을 해걷이바람을 맞으며
동강대교를 걸어서 건너다 동강의 흐름을 본다
동강의 옛 이름 금장강錦障江의 물줄기
서강과 만나는 두물머리 금봉연金鳳淵으로 모이는데
다툼이 없다
검각산劍閣山 넘어가는 해넘이가 비추는 윤슬은
보석같이 아름답고 일상日常을 깨운다

일상은
세속의 행복을 누리는 자리
하루하루를 잘 빚는 것만으로는 부족하다
좀 더 나은 사람으로 진화하려면
시적인 인간이 되어야 한다

시를 쓰지는 않더라도
일상의 안락에 취해 의식이 마비되어서는 안 되는 사람
예민한 도덕적 촉수를 갖고

시대를 직관하며 대중의 척도에 휘둘리지 않는 사람
박팽년 성삼문 이개 하위지 유성원 유응부 엄홍도처럼

아름다움은 낮은 곳으로 흐른다
영월, 참 아름답고 시적인 사람을 만드는 곳이다

시와 삶이 너무나 아득하다

미스 미얀마 한 레이Han Lay

탕!

탕!!

탕!!!

2021년 3월 29일

미스 그랜드 인터내셔널 결선

오늘 제가 무대에 서 있는 동안

조국 미얀마에서는 많은 사람이 죽었습니다

사랑하는 사람을 잃은 많은 이들이

죽은 이의 시신이 어디에 있는지

알지 못해

작별을 고할 수 없다고 했다

죽지 않을 만큼 매질을 당했던

스물두 살의 1980년의 5월이 생각났다

40년 전의 대한민국과 광주가

지금의 미야마와 양곤이다

세상 사람들은

각자 조국의 번영과 평화를 원한다

국가의 존재 이유는 무엇인가

평화가 밥이다

시집을 읽다

시집은 책인가
시집은 詩集이다

없는 것을 보게 되고
있는 것을 다르게 보게 하고
옛것을 새롭게 읽게 한다

깊이 생각하고
다르게 생각하고
새로운 시선을 갖게 한다

더 사려 깊고
더 배려심이 많고
더 품격 있는 존재로 인도한다

시인 류근은
시 좀 읽어라를
시바로 쓴다

아들의 메일 1

오래된 이메일을 정리하다가
2002년 6살 아들에게서 받은 메일을 발견했다
그대로 옮겨본다
제목은 도깨비답배부적이었다

"아빠~~~!!! 저기훈이예요.
답배 끝으셨잖아요.
혹시? 회사에서 피세요????
피면끝어여. 이거는 도깨비 금연부적이예요.
잘써보시구여
♡해여 기훈그리구여 여기이름 김두흰으로
이거선물~~~~~~
☆★☆★☆★☆★☆★☆★☆★"

여섯 살 아들의 피면 끝이라는 경고에
지금껏 금연 중이다

아들의 메일 2

"아빠

저 기훈이에요. 이카드 게임카드인데 선물이구요

게임방법 을알려드릴께요. 1편에서 우선클릭 하시구여

하트가 나가면 백돌을 에박아여 그럽그게 없지면 서덜
어지는 데 그걸받아야돼 여

그리구 다없에2크릭 그럽5탄에서 우리도 이게 봇적이

없어서 에트케 될 지몰라여

게임이에요 기훈이가"

여섯 살 아이가 무슨 말을 하는지

알아들을 수가 없었다

지금은 어른이 된

아들의 말을 알아듣고 이해하는가?

아들의 메일 3

"福마이받아요*^^*

아빠 오늘한문福

알려주션조?그리구

福만이받구염…

경도대학이무슨말이에요?네.알려주세요꼭꼭약속(임진록)잘하면

또조요네?알안조그럼이만실례"

여섯 살 꼬마가 스물여덟의 어른이 되었다

이 친구가 지금 행복한지

궁금하다

청록다방

신축년 늦가을이다

오후 4시 무렵 영월 청록다방
함께한 대학이 형
영택 선배
다방 여주인은
초등학교 1년 후배 경애다
오랜만에 들린 다방 둘러보니
변함없이 안성기 박중훈 노블레인이 반겨준다
계란 동동 쌍화차
노란 다이얼 전화기
레자 가죽 3인용 긴 소파에 기대어
옛 기억을 소환하고 있는데
오 선배 외손녀딸 하윤이가 할아버지를 찾는다
팔각 성냥으로 쌓기 시작한
다보탑도
전화도
추억도
강아지도 소중하다

후배 경애가 말한다
내일 아침
모닝커피 배달은 없습니다

네모난 유리창으로 가을 햇살이 들어온다

평화가 밥이다

팔월의 중반을 지나는
주말에
가을을 준비하는 비가 내린다

점심 무렵에
김봄서 시인이 선물로 주고 간 시집
벚꽃 기념일 습격 사건을 마당에서 읽는다
시인은 '시는 밥'이라고 말한다
독자는 시집을 읽고 나서 이렇게 생각했다
평화가 밥이다
비는 내리고 막걸리가 생각났다
내가 좋아하는 선배가 카톡을 보냈다
뭘 해?
날궂이 하자신다
텃밭에서
호박 고추 가지 토마토 몇 개를 땄다

자연과 세상에 순응했던
전정금 할머니가 생각났다

관풍헌觀風軒

1

계묘년 설날이 지나고 지인 몇이 작은 인문학 공부 모임을 열었다
영월 출신으로 중국 상해에서 활동하고 있는 히어로HERO 역사연구회 이명필 대표가 주선했다
읽은 책은 주역周易이다

2

주역은 유학儒學 오경五經의 하나이다
3,000년 전에 만들어진 책이다
삼라만상參羅萬像을 음陰과 양陽 이원二元으로써 설명하고, 그 으뜸을 태극이라 하였고 64괘를 만들었다

주역 상경은 우주의 질서를, 하경은 사람들의 삶과 관련된 무질서와 혼돈을 담고 있다
인간이 살아가면서 만나는 삶의 패턴을 64가지로 정리

한 것이다
각 괘卦에 6효가 있어 384개의 효爻가 된다
이에 맞추어 철학 윤리 정치상의 해석을 덧붙였다

주역의 주석注釋들은 특수한 시공간적 환경을 반영할 수밖에 없다
이것은 마치 철학은 시대의 산물이다, 라고 말하는 것과 같다
그릇의 모양에 따라 거기에 담기는 물의 모양도 변하지만, 물은 변하지 않는다
그래서 주역을 구성하는 사유의 틀이 있고 그 틀 안에서 운용되는 상징어들이 있는 것이다

괘를 읽고 해석하는 독법讀法은 존재론에서 관계론으로의 전환이다
따라서 주역은 우주의 운동과 인간의 삶에 관한, 오래된 철학적 서술로 읽는 것이 옳지 않을까 생각한다

3

관풍헌觀風軒은 조선 시대 영월부 관아官衙이다
단종이 머물렀던 객사客舍의 동쪽 대청이 관풍헌이다
관풍헌의 이름을 주역에서 가지고 온 듯하다
주역에 능통했던 성리학자가 관풍헌의 이름을 지은 것으로 생각한다

4

주역 제20괘가 관觀 괘이다
풍지관風地觀이다

위는 바람을 아래는 땅을 상징한다
땅 위에서 나뭇가지가 흔들리는 모양을 보면 바람의 강도와 불어오는 방향을 알 수 있듯이, 사물의 양태와 변화를 통해 역사와 철학 인간관계 등 우주 만물의 이치를 깨달아가는 과정을 설명하는 괘이다

역사관 철학관 인생관이라고 할 때의 관점에 관해 기술하고 있는 괘이다

올바른 관점을 가지려면 자신부터 곧아야 한다
풍지관 괘를 설명하는 괘사卦辭 첫 원문을 보면
관觀 관이불천盥而不薦 유부옹약有孚顒若이다

풀어보면,
대야에 손을 씻고 제사 음식을 드리기 전이다
믿음직하고 공경스럽다

즉,
제사상에 음식을 올리려면 먼저 손을 깨끗하게 씻어야 한다
손을 깨끗이 씻는다는 것은 몸을 곧게 한다는 것
이는 마음을 바르게 한다는 것이다
도덕적 흠결을 없앤다는 의미다

그런 상태에서 세상을 바라봐야 믿음을 줄 수 있고 공

경심을 자아낼 수 있는 것이다

자신이 곧지 않으면 백성들은 콩으로 메주를 쑨다고 해도 믿지 않을 것이다

이러한 의미로 관아인 관풍헌의 이름을 지었을 것으로 유추할 수 있다

5

이와 같은 관풍헌에서 단종은 17살의 어린 나이로 세상 여행을 마쳤다

역사의 역설逆說이다

부질없는 생각이지만 17살의 홍위弘暐는 무엇을 하고 싶었을까?

6

쇠귀 신영복 선생은 유적지를 돌아볼 때마다 사멸하는

것은 무엇이고 사람들의 심금에 남는 것은 무엇인지 돌이켜보라고 했다
그리고 우리가 오늘 새로이 읽어야 할 것이 무엇인가를 고민하라고 했다
과거를 읽기보다 현재를 읽어야 하며 역사를 배우기보다 역사에서 배워야 하기 때문이라는 것이다

7

고전古典은 옛날 책이다
무왕불복無往不復
가기만 하고 다시 반복되지 않는 과거란 없다

8

고전은 오래된 미래이다
현재 속에는 과거가 있고 미래는 현재가 변화함으로써

다가오는 것이다
　관풍헌에 담긴 의미를 생각했으면 한다

해설

물의 흐름을 쓰다

오민석
문학평론가 · 단국대 교수

1

엄의현 시인에게 시는 일상의 기록이다. 그에게 삶은 물 같다. 그에게 삶은 흐르고, 새롭고, 변화하며, 움직이는 어떤 것이다. 그는 유동하는 삶의 윤슬들에 마치 플라이 낚시하듯 시의 찌를 던진다. 그의 낚싯대에 걸려 올라오는 것은 개인사나 가정사만이 아니다. 그에게 삶이란 개인적인 층위와 사회적인 층위가 만나는 두물머리이다. 그의 시에서 개인과 사회는 별도의 공간이 아니라 삶이라는 캔버스를 가로지르는 씨실과 날실이다. 그의 시는 총체성의 재현을 향해 있고, 이런 점에서 그는 리얼리스트이다. 그의 시는 화려한 수사를 거부한다. 그의 시는 마치 무색, 무취의 물 같다. 노자의 말대로 최고의 선은 물과 같다. 그의 정동affect은 물처럼 낮고 고요하며 맑다. 그는 겸허

하고 담백하게 현실을 언어화한다. 그의 시선은 낮은 곳을 향해 있고, 그의 언어는 낮은 곳을 그리며 깨달음의 경지에 도달한다.

검각산劍角山 칼날 중앙 부근에 있는 새터마을 생가生家 번지이고 등록기준지로는 남면 살개골길 14의 12이다
할아버지가 열네 살에 당신의 아버지를 잃고 가장이 되고 열여덟 살에 혼인하신 후 직접 지은 집이다
초입부터 일자로 된 건물에는 돼지우리와 소 외양간과 재래식 뒷간과 갈비와 땔감을 보관하던 작은 공간과 탈곡하던 큰 마당 옆에는 담배 건조실이 있었다
다섯 계단 위 대문 옆에는 사랑채가 붙어 있고 대문을 지나 들어서면 작은 마당과 행랑채가 있었다
행랑채에는 작은방과 먹거리를 보관하는 광이 있고 작은 마당에는 지하수를 퍼 올리는 수동식 펌프가 있었다
안채는 니은 자로 봉당封堂 위에 대청마루와 안방이 있고 소죽을 끓이던 대형 무쇠솥이 걸렸던 건너방 서쪽의 툇마루에는 큰 한약장이 놓여 있었다
대청마루에는 부엌으로 통하는 쪽문도 있었다
행랑채에서 태어나 십 년을 자라고 은행나무 아래 하송리로 옮겨와 반세기도 훌쩍 넘었다
—「연당리 672」 부분

태어나 자란 곳에 대한 이 세밀한 기록엔, 보다시피 낭만적 허위나 과장이 전혀 없다. 화자는 육십 세를 "훌쩍" 넘겼지만, 고향을 회상하는 노인들이 통상 그러하듯 추억을 뻥튀기하지 않는다. 그는 마치 고고학자나 역사학자처럼 생가의 모습을 마치 사진을 찍듯이 정확하게 재현한다. 이 세부 묘사의 진실성은 먼 과거의 공간에서 현재로 이어지는 삶의 객관적 모습을 호출해낸다. 그리하여 "연당리 672"엔 "열네 살에 당신의 아버지를 잃고 가장이 되고 열여덟 살에 혼인하신 후 직접" 이 집을 지은 할아버지부터 시작하여 그곳에서 "태어나 십 년을 자라고 은행나무 아래 하송리로 옮겨와 반세기도 훌쩍" 넘긴 화자의 역사가 기록된다. 독자들은 마치 선명한 흑백 화면을 보듯 순식간에 3대에 걸친 가계의 역사를 훑게 된다. 그것은 마치 먼 발원지에서 현재로 흘러온 시간의 물줄기를 들여다보는 것과 같다.

삶과
민주주의는
명사가 아닌 동사動詞이다
—「동사」 전문

이런 대목은 또한 시인의 역동적 세계관을 보여준다. 그가 볼 때, 세계는 단 한시도 멈춰 있지 않고 끊임없이 변한다. 그것은 "명사가 아닌 동사"이므로 흐르는 물처럼 유동적이고 끝없이 변하며 궁극적인 어떤 목표를 향해 흐른다. 굳이 루카치G. Lukács를 들먹이지 않더라도, 리얼리즘이란 멈춰 있는 세계가 아니라 끊임없이 변화하는 세계의 재현을 목표로 한다. 세계의 변화 가능성과 유동성을 인정하지 않는다면 리얼리스트가 아니다. 루카치에 따르면 모더니스트들은 세계를 정적인 것, 어떤 상태에 항구적으로 멈춰 있는 것으로 간주한다. 그들에게 세계는 이제나저제나 항상 그 모습이다. 그들에게 세계는 변화의 가능성이 없으므로 일종의 운명이다. 이에 반해 리얼리스트들에게 있어서 세계는 정해진 운명이 아니라 단 한시도 멈추어 있지 않고 계속 변화하는 어떤 것이다. 리얼리즘이란 세계의 이 역동적인 변화를 포착하고 그 흐름의 필연적인 자기 운동법칙을 재현하는 것이다. 엄의현 시인은 리얼리스트이므로 당연히 후자의 관점에서 세계를 본다.

신록이 짙어지는 오월에 포남동 보안대 지하 골방으로 끌려갔다 나중에 알았지만 그곳이 전두환이 우두머리였던 지역합동수사본부였다 죽지 않을 만큼 매질을 당했고 잠을 재우지 않아 꿈을 꾸었다 살아서 나가면 제도와 환경을 바꾸는 일을 하겠다고 다짐했고 40년이 지났다 아직도 그 꿈을 놓지 않은 내 모습이 대견하기도 우습기도 하다 어떤 모양인지 확인할 수 없지만 성장했다 내 삶을 이해하는 가족이 있어 감사하고 고맙다 영암으로 여행을 가는데 잘

아는 분이 전화를 주셨다 "영월은 변하려고 하지 않는다 현실이다
변하려고 하지 않는데 변하자고 하면 설득력이 있겠는가 책 쓰지
말고 맥주나 마셔라" 하신다 절박하다고 느끼는 것은 나뿐이던가
세상살이 그러함에도 소명의식 소신 명분 철학 신의 염치는 필요하
다 이것이 선비정신이다

나는 어떠한 간절한 바람으로 여기까지 온 것인가
세상은 40년 전으로 돌아가려고 하지 않는가

또 다른 꿈을 꾼다
—「대관령 아흔아홉 구비」 부분

시인은 20대 초반의 역사적 격동기를 회상한다. 시 속의 그는 1980년 오월("신록이 짙어지는 오월")에 "보안대 지하 골방"으로 끌려가 모진 고문을 당한다. 그 청년의 시절에도 그의 생각은 "제도와 환경을 바꾸는 일을 하겠다"는 것이었다. 그때에도 그에게 세계는 운명이 아니라 변화할 수 있는 어떤 것이었다. 이런 진보적 세계관은 그로부터 무려 "40년"이 지난 지금도 여전히 그의 것이다. 그는 "아직도 그 꿈을 놓지 않고" 있다. 세상이 "변하려고 하지 않는다"는 지인의 말을 시인은 신뢰하지 않는다. 세계의 변혁 가능성에 대한 믿음은 그의 "소명의식 소신 명분 철학 신의 염치"이다. 그는 역사의 거대한 흐름("대관

령 아흔아홉 구비")을 거쳐 왔다. 그 흐름은 때로 반동의 시간을 겪기도 한다. 그때마다 시인은 "또 다른 꿈을 꾼다". 그에게 "또 다른 꿈"이란 지금, 이것이 아닌 다른 현실, 아직 경험되지 않았지만 다가올 다른 미래이다. 그는 변화하는 현실 속에서 늘 새로운 미래, 새로운 고향을 꿈꾼다.

2

겉으로 보기에 소박해 보일지 모르지만, 엄의현 시인의 시선은 매우 포괄적이며 총체적이다. 이런 시선은 그만의 독특한 리얼리즘적 세계관을 이룬다. 모더니스트들에게 개인의 삶이 탈사회적이고 탈정치적인 것이라면 즉, 늘 고립되고 파편화된 실존의 모습이라면, 리얼리스트들에게 개인의 삶은 사회적이고, 정치적이며, 역사적이다. 리얼리스트들에게 모든 개인은 사회적 개인이고, 역사적 개인이며, 정치적 개인이다. "인간은 정치적 동물"이라는 아리스토텔레스의 전언은 리얼리즘의 유구한 인간관이다. 역사는 오로지 개인들의 삶 속에서 실존하며, 개인은 오로지 역사적인 삶 속에서 실존한다. 리얼리스트들에게 개인은 역사가 머무는 자리이다. 그들에게 개인은 역사와 분리 불가능하다. 역사는 수많은 개인들을 통하여 움직인다. 실물의 개인들 없이 역사는 가동될 수 없다.

아내와 둘, 작은 영화관 통째로 빌려, 다큐 영화 <수프와 이데올로기>를 관람, 감독 양영희, 25년 걸린 가족 3부작, 마지막 작품, 2009년 <디어 평양>, <굿바이 평양>, 재일조선인, 조총련 간부 막내딸, 어린 오빠 셋 북송, 부모님과 반목하며 성장, 전체주의자 아버지, 도저히 이해할 수 없는 삶을 선택한 어머니, 치매로 기억을 잃어가는 어머니 강정희, 어머니의 과거를 따라가다 만난 제주 4·3, 열여덟 소녀가 경험한 4·3의 기억, 총련, 민단, 20세기, 동아시아, 역사적 소용돌이, 가족의 배경, 이해하는 것, 나의 정체성, 알게 되는 것, 개인적인 것, 양영희 남편 일본인 아라이 카오루, 가장 정치적인 것, 개인의 삶은 역사

—「개인의 삶은 역사」 전문

이 작품은 개인의 삶이 어떻게 사회, 역사, 정치적 현실과 긴밀히 얽혀 있는지를 잘 보여준다. 개인의 삶은 사회, 역사적 현실과의 대면 속에서 무수한 곡절과 변화를 겪는다. 〈수프와 이데올로기〉는 한 가족이 이념과 디아스포라의 거대한 물결 속에서 어떻게 생존하였으며, 어떻게 굴절되었고, 마침내 어떻게 존재하였는지를 보여주는 다큐 영화이다. 시 속의 화자는 아내와 함께 이 영화를 보고 "나의 정체성"이 "개인적인 것"이면서 동시에 "가장 정치적인 것"이라는 사실을 새삼 깨닫는다. 그리하여 "개인의 삶은

역사"라는 결론에 도달한다. 개별 주체에 대한 시인의 이런 인식은 명백히 리얼리즘적 세계관이다.

세계 람사르 습지에 등록된 한반도 습지가 있고
천연기념물 어름치, 돌상어와 꾸구리 묵납자루가 살고
흰목물떼새 금낭화 가는구절초 산국 생강나무가 함께하고
단종의 눈물을 받아주고 수많은 전설을 품고 있는 쉼과 사색의 강

서강에서 멀지 않는 곳
1960년 절벽을 이룬 석회석산
두 개의 수직굴이 있던 곳에 세워져 환갑이 된 쌍용
…(중략)…

자신의 미래 불투명하다고 길게 이야기 늘어놓으며
축구장 스물여섯 개 크기의 깨진 유리그릇을
시멘트로 때워서
쓰레기매립장을 만들겠다고 하네

…(중략)…

미련하게 제 눈 찌르고
황금알을 낳는 거위의 배를 가르네
아름다운 자연환경 생태계를 후손들도

사용할 수 있도록
삶의 터전 지키려 연대하고 동참하네

…(중략)…

상선약수上善若水
그 강에 가고 싶다
—「서강西江」 부분

그의 시선은 사회, 역사적 사건에만 머무르지 않는다. 리얼리스트 시인답게 그는 자연과 자본 사이의 불편한 관계를 냉철하게 들여다본다. 그에게 자연은 1연에 열거된 것처럼 무수한 생명과 신화와 휴식과 사색이 살아 있는 곳이다. 자본은 개발의 명목으로 그런 자연을 훼손하고 파괴한다. 자본은 끊임없는 개발 없이 생존할 수 없다. 개발이야말로 자본의 경쟁력이다. 그러므로 자연 파괴는 자본-기계의 유일한 생존 방식이다. 시인이 볼 때 자본-기계의 이런 생존 방식은 "미련하게 제 눈 찌르고/ 황금알을 낳는 거위의 배를 가르"는 행위이다. 자본은 모든 자연의 위에서 자연을 착취하며 먼 훗날의 자기 무덤을 판다. 이 극악한 현실 속에서 시인은 "상선약수"를 꿈꾼다. 노자의 말대로 "최상의 덕성을 갖춘 사람은 물과 같다. 물은 능히 만물을 이롭게 하면서도 다투지 않고, 모두가 싫

어하는 곳에 처하나니, 그러므로 도에 가깝다."(『도덕경』 8장) 사람이 물처럼 가장 낮은 곳에 처할 때, 사람과 우주 만물은 친구가 된다. 자본-기계는 가장 낮은 곳이 아니라 가장 높은 곳에서 자연의 눈을 찌르고 배를 가른다. 파괴의 현장에서 시인은 '무위자연無爲自然'의 상태를 꿈꾼다. 그것은 그에게 아직 오지 않았고, 아직 의식되지 않았으나, 도래할 고향Heimat이다.

3

리얼리스트라 해서 시인이 거대 서사grand narrative만 다루는 것은 아니다. 바다에 이르기 전에 지나쳐야 할 무수한 강들이 있는 것처럼, 시인에겐 큰 이야기에 도달하기 전의 많은 소 서사petit narrative들이 존재한다. 강을 거치지 않은 바다는 허상이다. 진정한 리얼리스트는 가는 물줄기에서 바다로 가는 길을 찾는다. 리얼리티는 미시적인 것의 축적을 통하여 거시적인 것을 발견하는 과정에서 드러난다.

추적추적 내리는 빗속이다

늦은 봄 반갑지 않은 비가 내린다
영월 덕포리 월담 작은도서관 앞에서

초등학교 입학 전인 듯한 예닐곱 살 아이와
아버지가 우산을 쓰고
가는 모습이 눈에 들어왔다
아버지는 아이가 비에 젖지 않도록
우산을
아이 쪽으로 가져간다
아비의 한쪽 어깨가 흠뻑 젖었다
세상 풍파 속에서 빗줄기는 굵어지고
축축한 옷은 납처럼 무거워질 것이다
그러는 사이 부모는 우산 밖으로 조금씩
아주 조금씩 밀려난다

빗속에서 어쩔 수 없이
—「월담 작은도서관 앞에서」 전문

"빗속"에서 시인이 발견하는 풍경은 얼핏 아주 작은 사랑의 이야기처럼 보인다. 그리고 아이를 위하며 자기의 어깨를 흠뻑 적시며 걷는 아버지의 사랑은 그 자체로 감동적이다. 그러나 생각해보라. 지금, 여기의 현실을 더 나은 현실로 바꾸는 모든 변혁과 진보의 거대한 물줄기는 이 작은 사랑의 샘물에서 시작된다. 변화는 우산 밖으로 자꾸 밀려나는 "아버지"처럼 타자를 위하여 자신을 던지는 행위 없이 성취될 수 없다. 시인이 이런 장면을 포착하는 것도 우연이 아니다. 사랑의 작은 진원을 감지하는 시인의 시선이 먼바다로 나아가 그의 '정치적 올바름political correctness'을 만든다.

수육에는 새우젓이 딱이다

이른 봄비가 내리는 날
벗 같은 후배들과 평창읍 여만리
이조막국수에서 점심을 했다

…(중략)…

새우는 아무리 작아도
그 태도를 잃지 않고
젓갈로 변신해도 새카만 눈을
그대로 달고 있다

이것이
내가 세상을 사는 방법이다
—「새우젓」 부분

시인은 "벗 같은 후배들과" 밥을 먹는 사소한 일상에서도 지혜("세상을 사는 방법")를 찾아낸다. 삶에 있어서 그에게 중요한 것은 '변하지 않는' 태도이다. 새우는 매우 작지만 "그 태도를 잃지 않고", 상황이 어떻게 변해도("젓갈로 변신해도") "새까만 눈을 그대로 달고 있다". 말이 그렇지, 젓갈 상태의 새우는 얼마나 잔혹한 환경 속에 있는 것인가. 그 안에서 변하지 않는 새우의 태도는 세계에 대한 얼마나 강력한 대응인가. 시인은 작고 보잘것없는 존재에서 서사시의 거대한 영웅을 찾아낸다. 작고 큰 것을 동시에 아우르는 그의 이런 시야가 작은 이야기(사적, 개인적 서사)에서 큰 이야기(사회, 정치적 서사)로의 흐름을 매우 자연스럽게 만든다.

나에게 가장 어울리는 사람이
나의 아름다움을 결정한다
나 역시 다른 사람의
아름다운 배경이기도 하다
그때 멋진 공동체가 만들어진다
공동체는 색의 조화 같은 것이다
백만금으로 집을 사고
천만금으로 이웃을 사라는 말이 있다
잊지 말아야 할 것은
나의 아름다움은
나 자신이 결정하지 못한다는 것이다
나의 아름다움은

내 옆에 있는 사람이 결정한다
지금 누구와 밥을 먹고 있는가?
—「누구와 밥을 먹는가」 전문

이 작품에서 보듯이 시인의 세계관은 관계 지향적이다. 그에 따르면 관계로부터 자유로운 존재는 없다. 그가 생각할 때 이상적인 공동체는 따로 존재하는 개체들의 연합이 아니라, 마치 마틴 부버M. Buber의 '나-너I-Thou'처럼 서로를 아름답게 만들면서 항상 연결되어 있는 존재들의 확산으로 이루어진다. 그의 시적 서사 역시 마찬가지이다. 그의 시에서 솟는 샘물은 이미 강을 지나 바다와 연결되어 있다. 그의 시들은 그의 서재 이름(「관수재觀水齊」)처럼 세상이라는 물의 흐름을 보고 그것을 따라가며 쓴 것들이다. 소 서사에서 거대 서사로 이어지는 이 유연한 흐름은 물처럼 부드럽고 자연스러우며 담백하고 꾸밈이 없다. 끝

달아실기획시집 24

밥그릇 무겁다

1판 1쇄 발행	2023년 5월 26일
지은이	엄의현
발행인	윤미소
발행처	(주)달아실출판사
책임편집	박제영
디자인	전부다
법률자문	김용진, 이종진
주소	강원도 춘천시 춘천로 257, 2층
전화	033-241-7661
팩스	033-241-7662
이메일	dalasilmoongo@naver.com
출판등록	2016년 12월 30일 제494호

ISBN 979-11-91668-76-6 03810